我爱外公
Grandpa Loves Me

(英) 冰屋出版公司（Igloo Books） 著

白鸥 译

化学工业出版社
·北京·

我爱外公,外公也非常爱我。

"你做的事情很有意思。"外公总是这样说。

有趣的外公,我每天都想他。
我最开心的事,就是去外公家玩儿。

每次去外公家,我都会带上所有的东西。外公打开屋门就会说:"你好呀,宝贝!"

外公看到我的玩具和我的好朋友泰迪熊,总会咯咯地笑。"快进来,"外公笑着说,"你一定会在外公家玩得很好。"

外公带我去探险,能找到什么我们也不知道。
外公在前面带路,我跟在他身后跑啊跑。

外公教我认识大自然中的昆虫,
我们找到了藏在角落里的放屁虫和甲壳虫。

我对蠕动的虫子一点儿也不害怕。

我发现了一只白白胖胖的虫子,对外公说:"我要把它送给妈妈。"

外公笑了笑,说:"虫子会吓到妈妈的,我们应该摘一些美丽的鲜花送给她。"

午餐时间一到,外公就会打开他的背包。
外公的红色饭盒里,总装着香喷喷的美味。

有时候，我给外公讲了一个可怕的故事，想要吓到他。外公说，故事里那个毛茸茸的紫色大怪物，他最喜欢。

外公喜欢和我一起玩海盗游戏,我们一起寻找装满金子的百宝箱。外公每次都扮演船长,因为外公扮演的海盗船长很传神。

我们向着荒岛航行,乘风破浪。
战胜了好多海盗,我们真棒!

在我伤心的时候,外公会把我逗笑。

他会扮鬼脸说:"事情并没有那么糟糕。"

当我觉得无聊时,外公会说:"我知道应该怎么办。"
他会带我走进花园,嗖嗖嗖,推我荡起秋千。

外公喜欢我画的爸爸和妈妈。

我为外公画了一幅肖像画,问他:"外公,我画得好看吗?"

外公说:"你要多吃绿色蔬菜,就会长得又高又壮。"

他擦了擦眼角,看着我说:"一眨眼,你就会长大!"

就算外面下着雨,外公也会和我一起出去玩。我们和雨点捉迷藏,踩水坑的游戏我最喜欢。

我喜欢和外公一起看雨后天边的彩虹,
但我更喜欢,在家里把温热的饮料抱在怀中。

有的时候,我会在深夜被噩梦吓醒。

外公说:"我帮你把夜灯打开,你一定会做个好梦。"

外公给我讲好听的故事,抱着我进入甜甜的梦乡。
他说:"晚安,小懒虫。"他温柔的声音在我耳边回响。

我特别爱我的外公,全世界数他最棒。
外公也最爱我,他和所有的外公不一样,但也一样!